예수님 귀가 자라요

소울앤북 시선
예수님 귀가 자라요

초판 1쇄 발행 | 2019년 11월 15일

지은이 | 이가을
편집인 | 이용헌
펴낸이 | 윤용철
펴낸곳 | 소울앤북
주   소 | 경기도 파주시 회동길 325-22, 3층
편집실 | 서울특별시 중구 삼일대로 6길 15, 3층
전   화 | 02-2265-2950
등   록 | 2014년 3월 7일 제4006-2014-000088
이메일 | poemnpoem@gmail.com

ⓒ 이가을, 2019

ISBN 979-11-967627-2-8 03810

기독교 감성 동시집

예수님 귀가 자라요

이가을 지음

소울앤북

두려움 반 설렘 반입니다. 첫 책도 아닌데 마음이 떨립니다. 이 책은 하나님께 드리는 선물입니다. 사랑하는 내 아이들과 하나님의 자녀들, 주님을 모르는 모든 이에게 드리는 선물입니다. 이 책을 쓸 자격이 있는지 고민을 갖고 시작했지만, 주님께 의지하고 여기까지 왔습니다. 믿음은 부족하지만 하나님을 사랑하는 마음과 은혜와 반성을 담았습니다. 내가 아는 하나님을 소개하려고 노력했습니다. 늘 감사한 게 많습니다. 죄송한 것도 많습니다.

책을 내는 건 신중하고 두려운 일입니다. 독자의 심판을 받는 일이니까요. 조심스럽지만 이 시집이 어른과 아이들 모두에게 읽히기를 바랍니다. 은혜를 나누는 별책부록이 되었으면 합니다. 그리고 많은 이들이 주님을 만나고 알아간다면 더 좋겠지요.

5부에 걸쳐서 쓰인 시들은 저의 신앙고백입니다. 찬양이고 기도입니다. 많은 은혜와 경험을 전부 담아내지는 못했지만, 주님과의 관계에서 소통이 깊은 시간이었습니다. 내 발에 힘을 주시는 주님께 감사와 영광을 드립니다.

2019년 11월 이가을

차례

세 번째 이야기 ● 꽃들의 예배

네 번째 이야기 ● 믿음의 사람

우리 교회는요

꿈결같이 시간이 흐르고 어른이 되었네요. 그 시절 친구들이 그립습니다. 어른이 된 지금도 예수님과 함께하겠지요. 추억은 그리움이 되고 동화가 되었어요. 이 동시들은 어린아이였던 나와 어른이 된 내가 쓴 거랍니다. 주일학교 아이들과 어른이 된 친구들 모두 읽어 주길 바랍니다. 동심으로 돌아가 추억을 떠올려도 좋겠지요.

우리 교회는요

입 큰 악어 같아요
학교 운동장 같아요

찬양 기도 소리가
비오는 날 천둥 울음 같아요

악어처럼 입 벌린
예배당 큰 문으로
동네 사람들 죄다 들어오니까요

기린 키보다
악어 입보다
백배나 커다란 예배당에
찬양 기도 소리 울리면

예수님이 꼭,
웃으시는 것 같아요

❖ 교회에서 놀던 추억이 있어요. 주일학교 예배보다 맛있는 간식이 좋았지요. 집에서 못 먹던 빵과 과자를 많이 먹었답니다. 친구들과 교회 마당에서 놀다가 예배드리고 끝나면 집에 왔죠.

꿈결같이 시간이 흐르고 어른이 되었어요. 그 시절 친구들이 그립습니다. 어른이 된 지금도 예수님과 함께하겠지요. 추억은 그리움이 되고 동화가 되었어요. 이 동시들은 어린아이였던 나와 어른이 된 내가 쓴 거랍니다. 주일학교 아이들과 어른이 된 친구들 모두 읽어 주길 바랍니다. 동심으로 돌아가 추억을 떠올려도 좋겠지요.

하나님이 세상을 이처럼 사랑하사 외아들을 주셨으니 이는 그를 믿는 자마다 멸망치 않고 영생을 얻게 하려 함이라. (요한 3:16)

예수님 귀가 자라요

사람들의 기도를 듣느라
자라는 거예요
날마다 커지는 거예요

당나귀 임금님 귀보다 크구요
보름달 구름보다 크지요

누가 기도를 잘하나
누가 찬양을 잘하나

예수님은 아마
세상에서 가장 키가 클 거예요
사람들의 기도를 듣느라
귀가 이만큼 자랐을 거예요

날마다 귀가 자라느라
간질간질할 거예요

기도 담은 호주머니가
주렁주렁 많을 거예요

❖ 우리가 기도를 많이 하면 할수록 예수님 귀가 커질 거라는 상상을 해 보았어요. 언젠가는 하늘의 구름만큼 달만큼 커진다면요. 우리가 하늘의 별만큼 많이 기도했다는 것이죠. 기도하는 사람들의 이름이 밤하늘에 별처럼 반짝반짝 빛날지도 몰라요. 주님 귓속 기도주머니에서 얼마나 많은 기도들이 와글와글거릴까요. 나의 기도도 그 주머니 속 어디쯤 예수님을 바라보고 있겠죠? 온 세상 기도를 듣느라 예수님은 바쁘실 거예요. 들리나요? 여러분의 기도가 와글와글거리는 거. 기도 응답받으려고 아기처럼 떼를 쓰는 거. 기도는 예수님과 친해지는 방법입니다.

> 복음에는 하나님의 의가 나타나서 믿음으로 믿음에 이르게 하나니 기록된 바 오직 의인은 믿음으로 말미암아 살리라. (롬 1:17)

15

망원경을 끼고

혹은 커다란 손을
이마에 올리고

누가
늦잠을 자는지
예배에 가는지
기도를 하는지,

졸린 아이 하품 소리에

새잎 흔드는
바람결같이

발그레한 뺨을
쓰담쓰담—

누군지 알지?

우리 주님 사랑의 눈이야
사랑의 손이야

❖ 우리의 삶은 예수님 손바닥에 있는 것 같아요. 생각해보면 예수님 안에 있을 때 평화로웠던 것 같구요. 예수님은 둘도 없는 가족입니다. 외로움과 근심은 멀리 바람에 날려버려요. 힘들 때 위로해주시고 죽을 고비에서 기적처럼 살려주신 주님을 믿고 의지합니다. 책망하지 않고 기다려 주며 늘 바라봐 주심을 감사합니다. 그분만큼 누가 나를 사랑해줄까요. 위로해줄까요.

보아라, 동정녀가 잉태하여 아들을 낳을 것이니 그의 이름을 임마누엘이라 할 것이다. (마태1:23)

비밀이에요, 쉿!

하나님 나라 천국에
먼저 간 사람들
그리운 할머니가 있고

먼저 간 사람끼리
사는 천국 집

예수님을 보려고
천국 가족 만나려고

보혈의 꽃 십자가 지신
예수님을 믿어요
구원의 꽃 되신

예수님 만나려고
교회에 가요

❖ 주님을 믿는 우리는 하나님께 감사와 영광을 드리는 의무가 있어요. 모든 삶 가운데 날마다 역사하시는 하나님은 전지전능하신 분입니다. 감사는 첫 번째 드리는 매일의 제사입니다. 주님께 받은 수많은 선물에 대한 보답입니다.

> 말이든 행동이든 무엇을 하든지 주 예수의 이름으로 하고 그분에게서 힘을 얻어서 하나님 아버지께 감사를 드려라. (골로새서 3:17)

신기한 밥

그사이 많이 컸구나

나를 키운 건 팔 할이 주님 말씀

날마다 은혜의 밥 먹고
자랐어요

하루가 백날 천날같이
영혼의 키가
쑥쑥 자랐어요

다윗같이 솔로몬같이 자랄게요.
예수님처럼 순종할게요.

하나님 말씀은
신기한 밥

밤마다 맛잠

꿀잠이 달아요

❖ 세상에는 두 가지의 밥이 있어요. 몸이 자라는 밥과 영혼이 자라는 밥. 시골서 농사를 지은 햅쌀밥으로 몸이 건강해져요. 사랑과 감사로 믿음밥을 먹고 우리의 영이 건강해져요. 몸과 마음 어느 것도 소홀히 할 수 없어요. 마음을 예수님 성품과 생각으로 꽉, 채워요. 매일 밥 맛있게 먹고 무럭무럭 자라요.

이 복음은 온 세상에 전해진 것과 같이 여러분에게 전해졌습니다. 하나님의 은혜를 듣고 참되게 깨달은 날부터 온 세상에서 열매를 맺고 자라고 있습니다. (골로새서 1:6)

나는 누구일까요

예쁜 손
기도 손을 가졌어요

예쁜 입
날마다 기도하는 입이에요

착한 입
날마다 하나님을 찬송하지요

예쁜 눈으로
성경 말씀을 읽어요
날마다 순종을 배워요

알아 맞춰보세요

❖ 생각해보면 감사한 것이 많답니다. 일상의 사소한 것들이지만 건강하고 평범한 복을 누리며 살았으니까요. 주님께 받은 것이 많은데 드린 게 없습니다. 내 믿음은 늘 돌아보고 반성해도 부족합니다. 건망증 따위로 감사를 잊지 않도록 노력해야겠어요.

> 주님은 나의 빛, 나의 주원이신데 내가 누구를 두려워하랴. 주님이 내 생명의 피난처이신데 내가 누구를 무서워하랴. (시편 27:1)

퀵맨처럼

눈을 감고
기도손 하고

주님을 불러 봐

퀵맨처럼
오실 거야

머리칼 세듯 보시다가
천국의 망원경으로
내려다보다가

엄마 아빠보다 빨리
앰뷸런스보다
더 빨리

달려올 거야

❖ 학교에 다녀와서 엄마를 기다렸던 때가 생각나요. 엄마는 캄캄해져야 돌아왔죠. 크고 외딴집은 어두워지면 무서웠답니다. 늘 혼자였던 소녀는 외로웠고 기다림에 지쳐 엄마가 빨리 오게 해달라고 기도를 하면 거짓말처럼 엄마가 대문을 열고 들어왔어요. 소소하니 기도할 거리가 많았어요. 시골 밤길을 뛰어다니며 먼 교회를 가기도 했어요. 가고 오는 밤길에 찬양을 불렀어요. 무섭지는 않았어요. 옆에 예수님이 계시다는 생각을 했어요.

여호와 이레! 우리의 기도를 들으시는 주님, 언제나 기도 응답을 준비하세요.

> 내 목숨이 힘없이 꺼져갈 때에 내가 주님을 기억하였더니 나의 기도가 주님께 이르렀으며 주님 계신 성전에까지 이르렀습니다. (요나서 2:7)

리기다소나무들

우리 교회는
늘 정문을 지켜 서 있는
리기다소나무들이 있어요
예배 늦을세라
지나칠 때도
허리를 숙여 온 장로님이죠
우리 교회 창립멤버인데요
허리가 굽은 걸 보면
기도하느라 목도 쉬었을 거예요
비바람에도 흔들리지 않은
그 간증을 듣다가
채송화랑 맨드라미가 졸기도 하죠
슬쩍 발등을 만져봅니다
땅속 뿌리를 들여다볼 순 없지만
쉬지 않고 기도해왔을
그 발이 부러워서요
예수님 손이 그 발을
씻고 가셨을 듯도 해서요

❖ 우리 교회에 소나무들이 있습니다. 장로쯤 될 교회 지킴이입니다. 그냥 나무일 뿐이라고 생각하지 않습니다. 하나님을 아는 것이 어떻게 사람뿐이라고 생각하겠어요. 온 자연 세계가 각자 그들의 방식으로 예배드릴 거라고 생각합니다. 믿음을 어디서나 배웁니다.

예수님께 대답하여 이르시되 기록되었으되 사람이 떡으로만 살 것이 아니요 하나님의 입으로 나오는 모든 말씀으로 살 것이라 하였느니라 하시니. (마태 4:4)

죄라는 괴물

기도하면 보인대요
안경을 쓴 것처럼
잘 보인대요
지난 죄가 떠오른대요

창피와 부끄러움을 알았어요
죄를 가르쳐준 주님

눈물이 와락,
수도꼭지 울보처럼 울어요.
내 안에 그렇게
큰 우물이 있는지 몰랐어요

때 묻은 마음을.
죄 묻은 생각을.
십자가 보혈로 씻어요

주님 만난 날

비 그친 날처럼
마음이 깨끗해졌어요

❖ 내 안에 죄가 살고 있는 줄 몰랐어요. 착하게 산다고 생각했거든요. 그런데 모르는 죄가 많다는 걸 알게 되었지요. 착함이라는 가면을 쓰고 크고 작은 죄를 짓고 살았는지. 주님만 아시고 주님이 눈감아준 죄가 있어요. 양심에 눈이 멀면 알고도 모르고도 넘어가지요. 그 무수한 죄를요.

> 누구든지 사람들 앞에서 나를 시인하면 나도 하늘에 계신 아버지 앞에서 그 사람을 시인할 것이라. (마태 10:32)

마음 얼굴

눈 코 입만 예뻐야 미인일까

이름과 얼굴과
생각을 다 읽으시는 주님

누가 젤 예쁘냐고 물었더니

마음 얼굴이 예쁜 사람이라고
믿음은 마음 얼굴에 씌어 있다고

내 얼굴은 예쁠까
마음 보는 거울이 있으면 좋겠다

거울 되신 주님
사랑 닮고 싶어

좋으신 주님
날마다 보고 싶어

❖ 마음 얼굴이 예쁜 사람이 좋아요. 착한 사람에게서 나는 착한 향기가 좋아요. 꽃냄새와 다른, 마음을 편하게 해주는 게 있어요. 순한 표정 바람같이 물결 같이 흘러가는 사람. 묻거나 따지지 않지요. 그냥 믿고 보는 거예요. 주님 앞에 나아갈 때처럼.

> 너희 믿음의 확실함은 불로 연단하여도 없어질 금보다 더 귀하여 예수 그리스도께서 나타나실 때에 칭찬과 영광과 존귀를 얻게 할 것이니라. (벧전 1:7)

봄뜰주일학교

유치부 키다리 선생님이
출석부에 적힌 이름을 부르고 있다

이름 한 번 보고
얼굴 한 번 보고

새싹들 뽀얗게 핀 얼굴로
도미솔 대답

지각생 민들레꽃
노랗게 뜬 얼굴로 드르륵– 문 열었다

한발 늦었구나

울먹울먹–
죄송해요

오는 길에 그만,
포자를 다 놓쳤어요

❖ 주일학교에 늦어서, 포자를 다 놓쳐서 민들레꽃은 발을 동동 굴렀을 거예요. 포자를 끌고 가버린 바람 심술쟁이가 밉고 애가 탔을 거예요. 울먹거리면서도 민들레의 마음은 주일학교에 있었을 거예요. 가끔은 어떤 시간이 상황이 마음대로 따라주지 않지만요. 우린 다시 씩씩해져야 해요. 넘어지면 일어서고 주저앉지 않아야 해요.

여호와가 항상 너를 인도하여 메마른 곳에서도 네 영혼을 만족하게 하며 네 뼈를 견고하게 하리니 너는 물댄동산 같겠고 물이 끊어지지 아니하는 샘 같을 것이라. (이사야 58:11)

꿀잠, 맛잠

예수님과 친해지면 말씀이 꿀같이 달아져요. 입안에서 달짝지근하게 녹아드는 단맛을 아시나요? 말씀도 일상도 달고 아름답고 평안해요. 왜 그런지 모르지만 그냥 그래요. 주님의 은혜가 아니고는 설명할 수 없는 일입니다. 이스라엘 백성들에게 밤새 하나님이 내려주신 만나는 어떤 맛일까 궁금하기는 해요.

꿀잠 맛잠

하나님은 광야에서 이스라엘 백성에게
만나를 먹였다는데

혀끝 첫맛!
꿀떡처럼 맛있었을까

찰떡처럼 하나님 말씀이 들렸을까
먹이시고 입히시는 하나님
꿀떡처럼 은혜가 달다

달콤한 꿀잠 들었는데
꿈속에서 먹은 게 만나가 아닐까

말씀떡 꿀떡
혀가 말씀을 음미하는 시간

꿀잠 드는 시간이다

❖ 예수님과 친해지면 말씀이 꿀같이 달아져요. 입안에서 달짝지근 녹아드는 단맛을 아시나요? 말씀도 일상도 달고 평안해요. 왜 그런지 모르지만 그래요. 주님의 은혜가 아니고는 설명할 수 없는 일입니다. 이스라엘 백성들에게 밤새 하나님이 내려주신 만나는 어떤 맛일까 단맛이었을까 궁금해요.

오직 위로부터 난 지혜는 첫째 성결하고 다음에 화평하고 관용하고 양순하며 긍휼과 선한 열매가 가득하고 편견과 거짓이 없나니. (야고보서 3:17)

친구가 많아

일 나간 엄마를 기다리다가
잠든 밤
창가에서 서성이는 장미 넝쿨이
들여다보고 있어
노란 별 서넛이 잠자러 가고
빗소리 내려오고
유리창 맨살에 닿는 타악기란
오래 귀에 익은 빗소리
천국의 화음이야
또르르 똑, 또르르 똑
바닥을 적시는 빗물 소나타
화음이 경쾌해
다윗과 요나단을 생각해
신나게 발바닥 왈츠를 추고
변하지 않는 약속을 두고
아무도 잠들지 않았어
빗방울도 장미 넝쿨도

다윗과 요나단도
주님이 보내준 친구들
오늘 밤은 친구가 많아

❖ 주변에 가까운 지인들이 많지만 주님보다 오랜 친구는 없어요. 지인들은 어떤 상황에서 바뀌어 갔지만 주님은 늘 거기 계셨죠. 내 가족도 알거나 모를 고통이 있었고 죽을 뻔한 적도 있는데 주님이 나를 살리셨어요. 주님이 내 삶의 주인입니다. 아마도 간증은 죽을 때까지 계속될 것입니다.

> 주님의 말씀은 언제나 올바르며 그 하시는 일은 언제나 진실하다 주님은 정의와 공의를 사랑하시는 분, 주님의 한결같은 사랑이 온 땅에 가득 하다.
> (시편 33:4,5)

우리 교회는 키가 크다

붉은 벽돌담 큰 키가
삼만 뼘쯤 될 거다

어떻게 아느냐고

해마다 찾아온,
푸른 넝쿨 키가
한 뼘이거든

손을 이마에 대고
올려다보아도
끝이 보이지 않는데

귀를 대면
저희들끼리 떠드는
푸른 수다가 들려

울 고양이처럼
아래를 내려다보는
푸른 넝쿨이

어서 와, 반갑다!
내려와 악수할 때까지

하루나절도
더 걸리거든

❖ 벽을 타고 오르는 푸른 넝쿨은 아주 예쁩니다. 봄부터
가을까지 교회 벽을 넘나들며 아래를 내려다보고 있는데요.
높은 곳에 올라가 내려다보기 좋아하는 우리 고양이 같죠.
봄 넝쿨은 윤기 반지르르- 한 게 별을 닮았어요. 교회 정문
을 들어서서 오래 바라보곤 합니다. 스물일곱 해 된 교회 또
다른 은혜죠. 시골 교회 같은 정감이 있어요. 마당 한쪽 화
단에 채송화 맨드라미 각종 꽃과 나무들이 있어요. 원두막
이 있고 리기다소나무가 있는데 꼭, 동화 속 교회 같아요.

> 우리는 그리스도 안에서 그의 은혜에 풍성을 따
> 라 그의 피로 말미암아 속량 곧 죄 사함을 받았느
> 니라. (엡 1:7)

아주 오래된 계획

예수님은 왜,
십자가에서 못 박히셨나요?

그건 태초의 아주 오래된

우리 아버지 하나님의 계획
우리 죄를 단번에 사하시려는 자비의 계획

주님도 태어나기 전의
놀라운 계획이란다

죄 없고 완전무결한 독생자 예수님의 피로만
가능한 일

순종으로 희생제물이 되신 예수님의
십자가 보혈의 역사이고

주님을 믿기만 하면

하나님의 자녀가 되는

사랑과 은혜의 징표이지

❖ 믿음은 교회를 다닌다고 해서 생기는 마음 현상이 아닙니다. 살아계신 하나님을 믿고 신뢰함으로 얻는 은혜이고 선물입니다. 믿음으로 구원을 얻으니까요. 주님을 통해 선물처럼 얻는 것은 많습니다. 평안은 가장 감사이고 큰 축복입니다. 믿음 없이 믿음을 말하는 건 거짓말입니다. 주님은 거짓말도 다 읽으세요. 주님의 계획안에서 거듭난 우리는 소중한 존재입니다.

> 나는 감사의 노래를 부르며 주님께 희생제물을 바치겠습니다. 서원한 것을 무엇이든지 지키겠습니다. 구원은 오직 주님에게서만 옵니다. (요나서 2:9)

오늘, 꽃이 피었다

붉은 보혈꽃
구원꽃

믿음으로 받은
주님의 선물

하나님의 자녀라는
축복의 징표

세상 사람들은 모르는
은혜의 선물

주님 주신 꽃
오늘, 꽃 피었다

❖ 보혈꽃 구원꽃 들어봤나요? 믿음으로만 얻는 주님의 선물이랍니다. 예수님의 선한 향기 만발한 꽃입니다. 축복의 징표, 모두 받으시고 행복하기 바래요.

주님, 내가 만민 가운데서 주님께 감사를 드리며 뭇 나라 가운데서 노래를 불러 주님을 찬양하렵니다. (시편 57:9)

노란 별이라면 좋겠다

반짝반짝 빛나서 샛노랗게 날아갈 거야
빨간 망토를 입고 빗자루를 타고
주님께로 닿을 거야

비행기보다 빠르게 슝
배트맨보다 빠르게 슝슝
날아갈 거야

신나겠지?
해리포터도 부럽지 않을 거야

풍선이라면 좋겠다

기도에 색깔을 담고 날짜를 쓸 거야
이름표를 붙여 하늘문에 띄워
주님께로 닿을 거야

비행기보다 빠르게 슝

배트맨보다 빠르게 슝슝

응답이 올 거야
신날 거야
친구들이 부러워할 거야

❖ 급할 때, 주님 불러도 대답 없을 때 빗자루 타고 주님께
가고 싶긴 해요. 천국에서 바쁘게 일하시는 모습 어떨까, 궁
금하긴 해요. 깨알 같은 기도 듣느라 피곤하실 텐데 목베개
라도 드리고 싶지요. 내 기도에 붙인 이름표는 보셨는지, 이
것저것 궁금하지요.

하나님은 영이시니 하나님께 예배드리는 자는 영
과 진리로 예배드려야 할지니라. (요한 4:24)

안녕하지 않아요

주님을 생각해요
오늘같이 긴 하루

우리는 모두 무엇을 하는지

백합화도 엉겅퀴꽃도
공중의 새들도 안녕한데

마음의 방에 수도꼭지가 생겼어요
기도를 해도 기쁘지 않아요

주님은 바쁘죠
퀵맨처럼 바빠요

오늘은 동쪽 어디에서 누구의
기도를 듣고 계시나요

나침반처럼 나를 찾아주세요

위로가 필요해요

위로의 주님
노란 민들레꽃처럼 환하게
저를 찾아주세요

❖ 친구 없는 날, 세상에 혼자 버려진 것 같은 날, 까닭 없이 우울하고 누군가 보고 싶고 슬픈 노래를 자꾸자꾸 듣는 그런 슬픈 날요. 마음이 아픈 거예요. 감정회로가 고장 난 거예요. 수도꼭지가 열려서 펑펑 우는 거예요. 그런 날 있어요. 위로가 필요한 날, 주님이 와주셨으면 좋겠다. 내 기도를 들어주시면 좋겠다.

> 아버지가 자식을 긍휼히 여김같이 여호와께서는 자기를 경외하는 자를 긍휼히 여기시나니.
> (시편 103:13)

새들의 길

새들은 휴전선이 없어
38 경계선이 없는 공중도로에서
구름과 구름 골짜기에서
술래잡기하고

올록볼록 구름 소파에 누워
쪽잠을 자고
햇빛 꿈을 꾸지

공중도로 교차로에서 봄소식을 듣고

남쪽에서 온 새들과
북쪽에서 온 새들이 만나
서로의 안부를 묻는 오후

아무도 가지 않은 길
평화로 하나로 길
북쪽 끝까지 남쪽 끝까지
가고 싶은 이 길

남북 새들이 만나는 자유의 길
꽃과 풀들 새들에게 경계가 없는
이 길로 나아가

땅끝까지 주님 소식 전할까
우리 주님 아느냐고 물을까

❖ '비무장지대'라는 시를 쓴 적 있어요. 짧고 뭉클한 시였는데 비무장지대에 사는 동물, 식물, 구름이 등장하죠. 우리는 철책선을 넘을 수 없지만 그들은 38선 철책선 사이에서 피어나고 자유롭게 살아요. 북쪽의 새는 남쪽의 친척을 찾아오고 남쪽의 새는 또 친척을 찾아 북쪽으로 가고 어쩜 우리보다 새들이 알고 있는 소식이 더 많을 거란 생각을 했어요.

또 그 밖에 여러 가지로 권하여 백성에게 좋은 소식을 전하였으나 (누가 3:18)
하나님은 한 번 말씀하시고 다시 말씀하시되 사람은 관심이 없도다. (욥기 33:14)

오늘만 찬양대

찬양대를 뽑는 날,
선생님이 동물친구들을 불렀어.
"자, 누가 노래를 잘하는지 보자."

"저요! 저요! 저요!"

"그럼 악어부터 노래해 볼까!
음, 꼬리 긴 원숭이랑 거북이,
사자와 코끼리, 얼룩말까지
순서대로 해 보자."

얼룩말 등에 탄 참새까지 노래했어.

"음, 목소리가 제일 작은 건 거북이
모기는 귓가에 윙윙 제일 컸어요."

오늘 목소리 큰 모기랑
원숭이랑 코끼리 악어는 소프라노—
"거기, 참새랑, 얼룩말 거북이 알토,
나머진 테너, 베이스예요."

찬양대 연습하는 시간
누가 열심히 하는지 보려고
창문으로 들어온 나비들이
예배당을 돌고 있어

❖ 찬양을 좋아하세요? 찬양대에 서진 않지만 찬양을 좋아해요. 유튜브를 통해 찬양을 많이 듣지요. 제가 예수님과 친해지는 방식 중 하나입니다. 설교와 찬양을 듣고 정보도 얻죠. 제겐 빼놓을 수 없는 일상입니다. 자유롭고 무한합니다. 동물, 식물친구들이 함께 하죠. 모든 존재가 살아있는 재미난 판타지가 가득합니다. 오늘은 동물찬양대의 모습을 한 번 상상해 보았어요. 거북이, 모기, 악어는 어떻게 노래 부를까. 상상은 언제나 즐거운 놀이니까요.

여호와 우리 주여 주의 이름이 온 땅에 어찌 그리 아름다운지요 주의 영광이 하늘을 덮었나이다. (시편 8:1)

꽃샘추위

봄이라길래 나왔거든!

개나리가 노란 잎을 꽈악, 물었어

진달래도 두 볼이
붉으락 화르락, 달아올랐어

"봄볕은 어디 가고
이렇게 추운데 거짓말한 게 누구야?"

"속았지? 미안,
나도 봄인 줄 알았지."

❖ 목련 소식이 들려올 거예요. 햇볕은 따뜻한데 문을 나서면 차가운 바람이 옷깃을 열어요. 곧 꽃을 만난다는 기대감에 설렙니다. 겨울 끝에 꽃은 얼마나 반가운지, 웅크렸던 마음이 다 환해져요.

> 땅과 거기에 충만한 것과 세계와 그 가운데 사는 자들은 다 여호와의 것이로다. (시편 24:1)

멈춰, 안 돼!

꽃으로 맞아도 아프단다
가시 돋친 욕설에 증오에
상처 나고 아프단다

욕하지 마!
싸우지 마!

젓가락처럼 나란히 사이좋게
오래 신은 신발처럼

다정히 지내면 안 되겠니
어깨동무하면 안 되겠니

사랑의 말은 위로가 되고
치유하는 약이란다

고운 말 사랑의 말

예수님도 다윗도 요나단도
다투지 않았단다

❖ 미워하기는 쉬워도 사랑하기는 어렵습니다. 우리 하나님은 사랑의 하나님입니다. 우리 죄가 용서되고 의인이 된 건 하나님이 독생자를 보내사 우리 죄를 씻으시고 용서하셨기 때문입니다. 용서를 베푸시고 사랑의 완성을 이뤄내셨습니다. 마음에 미움이 있으면 성령이 들어오시지 못합니다. 주님과 점점 멀어지게 되지요. 화해하고 사랑할 때, 미움 대신 기도해줄 때 주님은 기뻐하시고 역사해 주십니다. 아무도 미워하지 않기를 바랍니다. 사랑과 믿음이 충만한 삶이 되기를 기도합니다.

> 오직 선을 행함과 서로 나누어 주기를 잊지 말라 하나님은 이같은 제사를 기뻐하시느니라. (히 13:16)

할머니 돌아가신 날

할미, 이사 간다

어디로요?

저기, 하늘나라 새집으로

두꺼비한테 헌 집 주고
새집 샀어요?

그래 헌 집 주고 새집 샀지

좋겠다, 나도 가서 살래요

안돼, 하나님이 부르실 때에 오는 거다

할머니 따라가고 싶어요

녀석, 여기가 네 집이니까
할미만큼 살다가

두꺼비가 새집 주거든 와

울다 번쩍 눈 뜨니
할머니가 국화꽃집에서 웃고 있다

❖ 장례식장을 찾는 일이 많아졌습니다. 가족이나 친했던 누군가를 잃는 일은 슬픈 일이나 그리스도인에겐 주님을 만나러 가는 길이니 다시 만난다는 위로를 얻기도 합니다. 가족을 두고 떠나고 남는 건 마음 아프지만 최선을 다해 사랑했는지 좋은 가족이었는지 돌아봐야 할 것 같습니다. 너무 미안하거나 덜 사랑해서 아쉬운 것은 없는지, 더 다가가지 못했던 것은 아닌지 내 마음만 들여다봤던 건 아닌지 등등, 아무리 생각해도 모자란 것만 같습니다.

저 요단강 건너편에 화려하게 뵈는 집 나를 위해 예비하신 집일세 강가에는 생명나무 꽃이 만발하였네 주의 얼굴 그곳에서 뵈오리 주의 얼굴 뵈오리 주의 얼굴 뵈오리. (새찬송가 243장)

꽃들의 예배

아무렴요. 우리만 예배를 드리겠어요? 온 세상 모든 자연이 하나님의 창조물이고 섭리 아래 있지요. 우리가 예배를 드리지 않으면 돌들로 새들로 예배를 드리게 하실 거예요. 모든 세계는 하나님의 뜻 안에 있고 움직이는 것입니다. 하나님의 형상을 한 우리는 하나님의 섭리 안에서 아버지께 영광 돌림을 기억해야 합니다.

꽃들의 예배
예수님을 닮은 사람
하나님의 주소
어느 날 갑자기
그러지 말자!
달과 나란히
꽃님이 엄마
봄은 선물이다
봄과 여름이
닮은 우리
내가 코딱지만 했을 때

꽃들의 예배

분꽃들은 귀도 밝아
하나님 말씀 들으려고
발 들고 목 빼고 얼굴 붉어져
분꽃들의 향기 나팔에

호암천 배추흰나비가 떼 지어오고
키 낮은 채송화가 도레미 파솔라 시도
색깔별 음계로 피어

검은 개미들이 가던 길 멈춰

붉은 벽을 타고 교회 종탑까지 순례했다는
푸른 넝쿨의 간증을 들어

여름 한낮이 만든 그늘에
바람손이
키 큰 상수리나무를 데려왔어

우리가 게으를 때에
돌들이 찬양하고 꽃들은 예배를 드려
온 세상 사물들의 눈과 귀가 뜨여

축복은 우리만의 것이 아닌 것
그들에게도 열린 자비

분꽃들 날마다 붉어지는 일은
그들만의 열렬한 예배

우리가 게으를 때에 생기는 일이야

❖ 아무렴요. 우리만 예배를 드리겠어요? 온 세상 모든 자연이 하나님의 창조물이고 섭리 아래 있지요. 우리가 예배를 드리지 않으면 돌들로 새들로 예배를 드리게 하실 거예요. 모든 세계는 하나님의 뜻 안에 있고 움직이는 것입니다. 하나님의 형상을 한 우리는 하나님의 섭리 안에서 아버지께 영광 돌림을 기억해야 합니다.

너는 내게 부르짖으라 내가 네게 응답하겠고 네가 알지 못하는 크고 은밀한 일을 네게 보이리라. (예레미야 33:3)

예수님을 닮은 사람

누구일까?

목사님 아들 혁이
기도왕 권사님 주일학교 예쁜 유민이
중고등부 회장 인사왕 준희 형

우리 교회 소문난 셰프 부장님
우리 교회 1등 청소일꾼
권사님과

그리고 미소왕 장로님

누가
예수님을 닮았을까

아무도 모르는 누군가이고
나이거나 너일 수도 있어

중요한 건
예수님을 닮으려는 마음이지

그 사랑을 배우고 싶은 마음이지

그거 알아?

기도하는 너에게
예수님 얼굴이 보여

❖ 예수님은 우리가 닮고 배워야 할 분이에요. 예수님처럼
될 수 없지만 늘 닮아가려고 해요. 닮아 가려는 생각조차 없
다면 마음에 더 많은 죄들이 우글우글거리겠죠? 나쁜 죄는
멀리해야 해요. 친해지면 닮는대요. 예수님과 친해지기로 해
요. 우리들 얼굴에 예수님이 보일 거예요. 잘 보면 그분 마음
이 사랑이 있을 거예요.

> 그러므로 우리는 긍휼하심을 받고 때를 따라 돕는
> 은혜를 얻기 위하여 은혜의 보좌 앞에 담대히 나아
> 갈 것이니라. (히브리서 4:16)

하나님의 주소

애들아!
하나님은 어디 계실까요?

우리 엄마 마음속에요
날마다 엄마 기도를 들으신대요

우리 몸과 마음이 하나님
성전이에요

기도와 예배를 통해
하나님을 만나지요

주님! 하고 부르면
다 듣고 대답하세요

우리 몸과 마음을
날마다 깨끗하게 해야 해요

죄를 멀리해야 해요

❖ 그래요. 예수님도 하나님도 내 안에 계시죠. 내 마음은 하나님의 집이고 주소입니다. 좋은 생각으로 마음 방을 깨끗하게 청소해주세요. 말씀과 기도로 반짝반짝 윤나게 닦아요. 어느 순간 예수님의 향기가 날 거예요. 기도 우편함이 생기고 응답도 더 빨라질 거예요.

우리가 마음에 뿌림을 받아 악한 양심으로부터 벗어나고 몸을 맑은 물로 씻음을 받았으니 참 마음과 온전한 믿음으로 하나님께 나아가자.
(히브리서 10:22)

어느 날 갑자기

교회 가기 싫은 날
이유가 많아

햇빛이 너무 밝아
놀기 좋다든지
친구 만나고 싶다든지

비가 와서
야외에 나가고 싶다든지
이불이 따뜻하다든지

몸이 아주 무겁다든지 하는
수많은 핑계로 예배를 빠진 건

게으름의 갑옷을 입고
거짓말을 사랑한 거야

내 마음이
마음대로 안 되는 날이었어

❖ 갖가지 핑계가 얼마나 많았는지. 마음이 마음대로 안 되는 거예요. 여러분은 어떤가요? 문제는 게으름의 갑옷이죠. 너무 두껍고 게 껍데기보다 단단하고, 주님을 사랑하긴 하는 걸까 생각했어요. 변함없이 주님을 생각하는 건 어렵지만 어디에 있든 주님을 잊지 않기로 해요. 주님을 오래 잊으면 죄가 도둑처럼 몰래 들어와요. 예수님은 포도나무이고 우리는 가지예요. 가지가 떨어져 버리면 말라버리죠. 주님께 꼭 붙어 좋은 열매 맺고 싶어요.

여호와여 주의 이름을 아는 자는 주를 의지하오리니 이는 주를 찾는 자들을 버리지 아니하심이니이다. (시편 9:10)

그러지 말자!

나의 별명은 다음에야
고집쟁이 떼쟁이야

내 마음이 안된다고 말해도
예배를 빠져

고집쟁이 뿔이
다음에, 다음에

교회에 가란 엄마 말도 안 들어

친구랑 놀기만 좋아해
만화영화만 좋아해
게임만 좋아해

주님보다 더, 더

❖ 그 무엇도 하나님보다 더 사랑하는 건 우상이 된대요. 십계명에 "질투하는 하나님인즉 우상을 섬기지 말라"고 했어요. 세상에는 하나님보다 좋고 재밌는 것들이 많지요. 그러나 하나님과 친해지는 데 방해가 되는 것입니다. 하나님을 잊지 않는 것, 하나님과 함께하는 삶이 우리가 축복을 받는 일이라고 생각해 봅니다.

여호와의 모든 길은 그의 언약과 증거를 지키는 자에게 인자와 진리로다. (시편 25:10)

달과 나란히

할아버지는 어머니라 부르고
아빠가 할머니라 부르는
우리 달할머니

허리가 달처럼 둥글어
달과 함께 걸어
지팡이 짚고 걸으면
발이 세 개야

달을 업고
그림자와 앞서거니, 뒤서거니
교회에 가

이빨 빠진 아흔 살 할머니
얼굴이 하회탈 같아

달과 나란히 걸으면
할머니 그림자랑 둘

발이 여섯 개야

웃으면 눈이 반달이야

❖ 우리 교회에는 교회 역사와 함께한 할머니 권사님들이 여럿 계십니다. 젊은 성도들 못지않게 봉사도 하고 교회의 힘이 되는 분들입니다. 하나님의 선한 일꾼이고 교회 지킴이입니다. 믿음이 단단해서 유혹에 흔들리지 않죠. 굳세고 강건한 믿음의 군사입니다. 예배에 찬양에 열심입니다. 정문 앞 리기다소나무 장로를 보는 것 같습니다.

바람의 길이 어떠함과 아이 밴 자의 태에서 뼈가 어떻게 자라는지를 네가 알지 못함 같이 만사를 성취하시는 하나님의 일을 네가 알지 못하느니라. (전도서 11:5)

꽃님이 엄마

생각나이 일곱 살
꽃님이 엄마는 울보
꽃님이 없다고 울고,
바보라고 놀림에 울어요
꽃님이는 열 살인데
엄마는 스물아홉
사탕 과자를 좋아하는 엄마아이죠
꽃님이 엄마 소원은 똑똑해지는 것
바보 엄마라고 놀림 받지 않는 것
똑똑한 엄마가 되고 싶은
울보 엄마는 기도해요
똑똑하고 싶어요
똑똑하게 해…주세요,
꽃님이처럼 똑똑하게 해주세요
손 꼭 모아 기도해요

❖ 시 속의 화자인 꽃님이 엄마는 필자가 쓴 동화(미발간) 속 인물입니다. 착하고 여리고 겁 많은 바보 엄마죠. 일곱 살 딸의 보호를 받구요. 재활원에 가면 나이 많은 어린이가 많습니다. 노란 해바라기꽃처럼 반갑게 웃어줍니다. 정 많고 호기심이 많고 예배도 잘 드립니다.

언젠가부터 착하고 사람에게 마음이 가요. 누구를 공격하지도 싸우지도 않지만 상처가 많은 약자들입니다. 우리 주변에 그런 친구들을 많이 봅니다. 마음을 다해 이야기에 귀기울여 들어주고 싶습니다. 예수님도 그러실 것 같아요. 그들은 바보가 아닙니다. 우리와 동등하게 여기시는 하나님의 복된 자녀입니다.

> 그 이웃을 업신여기는 자는 죄를 범하는 자요 빈곤한 자를 불쌍히 여기는 자는 복이 있는 자니라. (잠언 14:21)

봄은 선물이다

땅 밑
귀를 대면

언 땅이 풀리고

새싹이 올라오는
소리가 들려

누구의
발걸음일까

푸른 향기에
봄꽃을 입고

작년 걸음보다
빨리 온

새봄이다
주님의 선물이다

❖ 봄과 가을을 좋아해요. 여러분도 그렇지 않나요? 봄이 좋은 이유는 꽃이 있어서이고 가을이 좋은 건 단풍이 있기 때문입니다. 꽃의 색깔이 유독 눈에 들어오는 것 같아요. 생각해보면 세상에 아름답지 않은 꽃은 없어요. 자세히 보면 참 예뻐요. 예쁘게 보니 더 예쁩니다.

이 시를 읽는 여러분들 주님 눈에 예쁩니다. 여러분 한 사람 한 사람 모두 꽃입니다. 봄에 온 꽃처럼 꽃답게 살아내기를 기도합니다.

믿음이 없이는 하나님을 기쁘게 하지 못하나니 하나님께 나아가는 자는 반드시 그가 계신 것과 또한 그가 자기를 찾는 자들에게 상 주시는 이심을 믿어야 할지니라. (히 11:6)

봄과 여름이

강아지 봄과
고양이 여름이의
기도를 모르는 기도는
엄마 집사를 보고 배웠어
멍멍! 냐옹!
특급 칭찬으로 받는
맛난 간식은 최고
한 박자 늦는 기도에 대한
응답이야
언어는 다르지만
기도의 방식은 각자의 은혜
예수님의 귀는 구별이 없고
차별하지 않아
세상에서 가장 짧은 기도는
봄과 여름에게
쉽고 맛난 놀이야

❖ 이 시는 우리가 모르는 동물들의 은혜를 이야기합니다. 사랑을 듬뿍 받고 사는 반려동물들은 주인을 닮아가지요. 눈 반짝이고 귀를 쫑긋거리며 주인의 일거수일투족을 보고 반응하는 모습은 사랑스럽습니다. 가족의 일원으로 인정받을 만큼 영리하구요. 기도하는 주인의 모습을 보며 주님을 배우고 알아가지요.

너희가 내 안에 거하고 내 말이 너희 안에 거하면 무엇이든지 원하는 대로 구하라. 그리하면 이루리라 너희가 열매를 많이 맺으면 내 아버지께서 영광을 받으실 것이요 너희는 내 제자가 되리라. (요한 14:7-8)

닮은 우리

공원에
누가 놓았을까

빨간 하트의자

소나기가 닦고
봄볕이 따뜻하게 데웠어

서로 사랑하라고
화해하라고

아침나절 다툰
엄마랑 딸도
부부싸움 한
엄마 아빠도

봄볕에 마음 환해졌어

닭은 우리끼리
미안해! 사랑해!

❖ 봄볕처럼 누군가에게 따뜻한 사람이 된다면 얼마나 좋을까요. 조건 없이 온기를 베푸는 봄볕에 마음마저 녹아들지요. 휴식하기 좋은 공원 의자, 누구라도 앉고 싶어집니다. 온몸에 전해져오는 봄볕에 누군가를 미워했던 미움까지 사라집니다. 봄볕은 따뜻한 마법이고 화해입니다.

> 인자한 자는 자기 영혼을 이롭게 하고 잔인한 자는 자기의 몸을 해롭게 하느니라. (잠언 11:7)

내가 코딱지만 했을 때

주님의 호루라기 소리 들었죠. 깜짝 놀라 달려 나갔죠. 엄마 뱃속 최초의 경기였어요. 열 달이 지나 엄마 뱃속 터널을 뚫고 나올 때도 단거리 선수처럼 재빨랐죠. 엄마는 오, 하나님 아버지— 하고 웃다 울었어요. 길고도 짧은 열 달 배운 게 많았어요. 아침마다, 안녕! 방글방글이, 잘 잤니? 엄마는 물었죠. 엄마의 기도 소리, 찬양을 듣고 자랐어요. 엄마는 알까요. 천사에게 배운 내 옹알이는 찬송이라는 것. 엄마는 모르는 나의 언어는 기도라는 것. 어디나 주님의 세계라는 것.

❖ 하나님의 역사는 엄마 배속부터라고 생각해요. 태중의 아이가 복이 있다고 말씀하시죠. 암요, 기도하는 어머니에게서 태어난 아기인데요. 축복이고 말구요. 미래의 기도군사, 기쁨천사가 태어난 것입니다. 가족의 행복 기쁨둥이입니다. 여러분 모두 교회와 주님의 기쁨둥이입니다. 사랑과 은혜의 복을 가득 누리세요.

엘리사벳이 마리아가 문안함을 들으매 아이가 복중에서 뛰노는지라. 엘리사벳이 성령의 충만함을 받아 큰 소리로 불러 이르되 여자 중의 네가 복이 있으며 네 태중의 아이도 복이 있도다. (눅 1:41-42)

믿음의 사람

믿음은 하나님만이 아시죠. 우리가 볼 때 좋은 사람 아닌 듯해도 오래 볼수록 변하지 않는 사람이 있어요. 먼저 된 자가 나중 되고 나중 된 자가 먼저 된다고 누군가를 비판하고 싶을 때 나를 들여다봐요. 하나님 앞에 두렵고 떨림으로 낮아지는 게 믿음이 아닐까요. 믿음은 자랑할 것이 아니라 지키는 것이라고 생각해요. 주님 앞에 낮아지고 겸손해야만 지킬 수 있는 것 믿음을 말하는 건 참 어려운 거예요.

믿음의 그릇

아직
작고 볼품없지만요.

깨질지도 모르지만요.
남들보다 늦었지만요.

단 하나뿐인 그릇에
그분을 향한

기도 씨앗과
말씀 씨앗과
찬양 씨앗을

정성스레 담을래요.

❖ 믿음은 하나님만이 아시죠. 우리가 볼 때 좋은 사람 아닌듯해도 오래 볼수록 변하지 않는 사람이 있어요. 먼저 된 자가 나중 되고 나중 된 자가 먼저 된다고 누군가를 비판하고 싶을 때 나를 들여다봐요. 하나님 앞에 두렵고 떨림으로 낮아지는 게 믿음이 아닐까요 믿음은 자랑할 것이 아니라 지키는 것이라고 생각해요 주님 앞에 낮아지고 겸손해야만 지킬 수 있는 것 믿음을 말하는 건 참 어려운 거예요.

내가 이 복음을 부끄러워하지 아니하노니 이 복음은 모든 믿는 자에게 구원을 주시는 하나님의 능력이 됨이라. (롬 1:16)

나는

아, 예배에 늦었어

쿨쿨 잠자느라
못 갔어

들쑥날쑥,
찌그러진 냄비처럼
끓었다가 식었다가

풋,

예배보다
놀이가 신나는데
잠이 꿀처럼 단데

놀기 좋아하는 나는
예배에 늦거나 빠지거나

내 믿음은 찌그러진 냄비야

하나님은 나를
놀보 베짱이야, 부르겠지?

❖ 뒤편에 실린 작품들은 어른용 시에 가깝습니다. 이 시
는 어린이용 시여서 앞편에 실려야 하나 생각하다가 4부에
넣었어요 어린이용 시처럼 보이긴 하나 어른들도 공감할 시
이긴 하죠 어른들도 놀보 베짱이들이 있거든요.^^ 내용은
다르지만 비슷하게 읽혀질 다른 시가 있어요. 시를 쓰면서
나는 성실한 성도인가 반성해봅니다.

하나님이 우리에게 주신 것은 두려워하는 마음이
아니요, 오직 능력과 사랑과 절제하는 마음이니.
(딤후 1:7)

믿음의 생애

맑은 물 밑
연꽃 뿌리는 운동력 있어
꽃을 피우는 것

첫 믿음에 꽃 피기도 하고
오래 시간을 견뎌
피는 꽃도 있어

처음 된 것이 나중 되고
나중 된 것이 처음 되는 것

마치 그릇을 빚어가는 완성의 시간처럼
주님만 아는 길

❖ 맞아요 믿음은 그런 거죠. 그래서 믿음은 자랑할 것이 아니고 지키기는 더 어렵습니다. 하나님이 안 보인다고 해서 절대 안 계신 게 아닙니다. 늘 보이지 않게 우릴 지켜보세요. 마음도 눈도 먼 사람은 절대 못 하죠. 믿음은 하나님을 인정하는 것에서부터 시작이랍니다.

너희는 그 은혜에 의하여 믿음으로 말미암아 구원을 받았으니 이것은 너희에게서 난 것이 아니요 하나님의 선물이라 행위에서 난 것이 아니니 누구든지 자랑하지 못하게 함이라. (엡 2:8-9)

믿음이란 무엇인가

그것은
왜! 라는 의문부호에서
시작해서

나열된 숱한 알림 부호와
부정문과 의문문 사이에 삐걱이는
수많은 문장을 거쳐

묻고 답하는
시간이 물결같이 흐르다가

주님을 만나고
아멘! 순종의 시간까지
가야 할

아주 먼 길이야

❖ 정말 아주 먼 길을 걸어서 지금까지 왔어요. 믿음 나이는 많지만 늘 부족하죠. 여기까지 와보니 중요한 건 예수님과의 관계더라구요. 믿음에 문제는 없는지 예수님과 소통은 잘하고 있는지 생각해야 해요. 그동안 뒤로 쳐지다가 앞서다가 그렇게 시간만 흘렀어요. 지금은 음, 너무 좋으신 하나님이죠.

> 무릇 더러운 말은 너희 입 밖에도 내지 말고, 오직 덕을 세우는 데 소용 되는 대로 선한 말을 하여 듣는 자들에게 은혜를 끼치게 하라. (엡 4:29)

믿음의 사람

죽은 꽃은 피지 않아요
죽은 믿음은 행동하지 않아요

우리의 예배는
온몸을 다해

하나님께 영광 드리는
빛나는 의무,
주님의 자녀 된 아름다운 징표

주님과 나아가는 큰 걸음걸음
행복한 동행이에요

❖ 예레미야 29:13절을 좋아해요. 오래 마음에 품고 온 성경 구절이에요. 좋아하는 성경 구절이 있나요? 마음에 닿는 힘이 되는 말씀이 있어요. 말씀을 읽을 때마다 하나님이 든든한 내 편이라고 느껴지지요. 예수님과 행복한 동행 하세요.

> 너희가 온 마음으로 나를 구하면 나를 찾을 것이요 나를 만나리라. (예렘 29:13)

주님 바깥에서 생기는 일

불순종의 자식이었을 때
내 맘대로 살았어요

주님 나라는 잊어버린 남의 땅,
관심 밖의 세계는
궁금하지 않았어요

지식과 육신의 정욕과
허울뿐인 명예와 권력을 자랑삼고

세상의 쾌락과 욕망을 친구삼은
불순종의 아들이었어요

은혜의 바깥 세계에서
눈물로 돌아온 탕자입니다
자비의 아버지 큰 품에 안긴

주님의 큰 사랑을 빚진
돌아온 아들입니다

❖ 돈도 권력도 명예도 최고가 아니라고 생각해요. 영원한 게 아니니까요. 정직하고 성실해야 하는데 욕심의 덫에 빠지면 모든 걸 잃게 되죠. 알고 보면 평범한 게 행복이고 감사입니다, 주님 안에 사는 것이 평안이고 복이지요. 그 진리를 아는 데는 오래 걸리지 않았어요.

각각 자기 일을 돌아볼뿐더러 또한 각각 다른 사람들의 일을 돌아보아, 나의 기쁨을 충만케 하라 너희 안에 이 마음을 품으라, 곧 그리스도 예수의 마음이니. (빌립보서 2:4-5)

덤

주님이 살아계신
증거는

입술의 고백뿐이죠

나는
새로 태어났습니다

주님의 이름
아래 사는

모든 것이
덤입니다

❖ 사전적 의미의 '덤'이란 '제 값어치의 물건 외에 다른 물건을 더 얹어 주고받는 것」입니다. 예수님을 만나고 삶의 태도와 생각이 많이 바뀌었어요. 무기력하고 부정적이고 자존감 또한 부족했지요. 삶이 무의미하게 느껴졌구요. 저를 구원하신 건 예수님이고 문학과 신앙을 통해 치유와 삶의 성찰을 배웠죠. 그 후, 삶의 무게가 좀 가벼워졌어요. 내겐 구원의 치유의 하나님입니다.

> 주는 그리스도시여 살아계신 하나님의 아들이십니다. (마태 16:16)

쉬지 말고 기도하라

나는
예수님의 후손입니다

십자가에 못 박힌
거룩한 피가 흐릅니다

아버지의 아버지, 그 아버지에게서
복음이 왔고

이름 모르는 땅의 식물들과
하늘을 날으는 새들과

동물들, 바람, 구름, 풀잎도
친형제이거나 이복이라고 믿습니다

내가 기도를 쉴 때에
그들도 쉬지 않고
주님께 예배드리기 때문입니다
하나님의 창조물이기 때문입니다

❖ 시의 상상력은 한계가 없어요 일테면 사람이 아니라도 자연의 누군가 하나님께 예배드릴 거라는 상상을 할 수 있는 거지요. 인간은 자연의 일부입니다. 모든 자연의 세계는 각기 다른 언어로 그들의 예배를 드릴 거예요. 우리는 하나님의 창조 아래에 있고 하나님의 영광을 드러낼 목적을 갖고 지음을 받았습니다.

내 이름으로 일컫는 나의 백성이 스스로 겸손해져서 기도하며 나를 찾고 악한 길에서 떠나면 내가 하늘에서 듣고 그 죄를 용서하여 주며 그 땅을 다시 번영 시켜 주겠다. (역대하 7:14)

기도우면 엄마

엄마의 기도는 힘이 세요
원더우먼보다 강하죠

내가 아플 때면
먹지도 자지도 않고
불같이 기도해요

얼마큼 간절해야 뜨거워지나요
씩씩한 기도군사가 되고 싶어요

나의 기도는 작지만
믿음의 전사가 되고 싶어요
기도우먼 엄마를 닮고 싶어요

기도로 낳은 엄마
은혜로 키운 주님

우리는 기도로 맺은 짝꿍
아무것도 두렵지 않아요

❖ 얼마나 기도해야 할 것이 많은지 신앙생활에서 중요한 것은 기도 파워입니다 원더우먼보다 센 건 기도우먼이지요. 자녀를 위한 부모의 기도는 깊고 간절해요. 기도 생활 중 많은 부분이 아이들에 대한 기도였습니다. 모든 부모처럼요 기도우먼은 좋은 믿음의 군사입니다. 나를 바꿀, 세상을 바꿀 기도우먼이 되기를 바랍니다.

여호와의 말씀이니라 너희를 향한 나의 생각을 내가 아나니 평안이요 재앙이 아니니라 너희에게 미래와 희망을 주는 것이니라 너희가 내게 부르짖으며 내게 와서 기도하면 내가 저희들의 기도를 들을 것이요. (예렘 29:11-12)

우리 교회 영식 씨

예배 시간
맨 앞에 앉는 영식 씨는
스물일곱 살이죠
마음씨도 착해요
입도 비뚤 몸도 비뚤
말도 비뚤지만
손뼉 치면 박자도 늦고 찬양하느라
온몸을 비틀지만
얼굴만 마주치면 웃는 사람이죠
영식 씨는 기도를 잘해요
인사를 잘해요

영식 씨의 예배를
받으시는 예수님
주님께 향한 진심을
아시는 거예요
영식 씨의 유일한 친구니까요
영식 씨는 나보다 먼저

나보다 오래
주님을 알았을 거예요

❖ 영식 씨는 고향 친구의 동생입니다. 큰 눈망울이 순수하고 미소가 착하지요. 어눌한 발음으로 인사를 잘했어요. 늘 교회의 앞자리쯤 앉았는데 성품이 순한 그 친구의 모습이 어제처럼 선해요. 지금은 어디에서 살고 있을지. 예수님은 그 친구의 예배를 다 받으셨을 거예요. 착한 예배자였으니까요.

나는 자비를 원하고 제사를 원치 아니하며 번제보다 하나님을 아는 것을 원하노라. (호세아 6:6)

복 있는 사람

나는
애통한 자입니다.

주님!

왕진 가방 들고
빨리 오셔서

사랑으로
치유해주세요
위로해주세요

❖ 가난한 이웃을 돌보시고 치유하시는 예수님은 구원자시며 존귀한 분이지요. 애통한 자의 눈물을 닦아 주시고 위로해주세요. 예수님께 속마음까지 다 꺼내어 얘기해도 좋습니다. 위로와 치유를 더 해주십니다. 그러므로 애통한 사람은 복 많은 사람입니다.

내가 지존하신 하나님께 부르짖음이여 곧 나를 위하여 모든 것을 이루시는 하나님께로다.
(시편 57:2)

날마다 예배당

믿음은 예수님을 배우는 삶이라고 생각해요. 인간이자 하나님인 예수님만이 죄가 없고 완전무결합니다. 또한 우리 죄를 매일 하나님 아버지께 변호하여 주시죠. 우리는 알고도 모르고도 죄를 짓고 살아요. 우리의 양심은 자신과 남을 속이는데 능하고 심지어 하나님까지 속입니다. 예수님의 거룩함을 배우는 것이 죄와 멀어지는 일이라고 생각해요.

날마다 예배당

몸과 마음이
교회라길래
성전이라길래

기도로, 찬양으로 말씀으로
쓸고 닦았다

오래 묵은 때를 벗었다

이제,
예수님 향이 난다

아, 꽃내음

❖ 믿음은 예수님을 배우는 삶이라고 생각해요. 인간이자 하나님인 예수님만이 죄가 없고 완전무결합니다. 또한 우리 죄를 매일 하나님 아버지께 변호하여주시죠. 우리는 알고도 모르고도 죄를 짓고 살아요. 우리의 양심은 자신과 남을 속이는데 능하고 심지어 하나님까지 속입니다. 예수님의 거룩함을 배우는 것이 죄와 멀어지는 일이라고 생각해요.

> 아들을 낳으리니 이름을 예수라 하라 이는 그가 자기 백성을 그들의 죄에서 구원할 자이심이라 하니라 (마태 1:21) 보아라, 동정녀가 잉태하여 아들을 낳으리니 그의 이름을 임마누엘이라 하라. '임마누엘, 하나님이 우리와 함께 계시다'는 뜻이라. (마태 1:23)

주의 날에

씨앗을 심고
씨앗이 자라고

허공 가득 꽃이 핀다면
열매 맺는다면

아, 얼마나 좋을까

시냇가에 심은 나무에서
졸졸 물소리 듣는
오늘

나비들 일제히 날아드는
로뎀나무 그늘에서

아, 얼마나 좋은지

은혜의 찬양 듣는

주님 생각하는 바로
오늘

아, 얼마나 좋은지

❖ 씨앗이 자라서 큰 나무가 되고 아기가 자라서 어른이 돼요. 겨자씨만한 믿음이 산을 옮길 만한 믿음으로 자라서 하나님의 일꾼이 되구요. 주님과 함께 하는 시간이, 은혜 안에 머무는 시간이 좋은 거예요. 어제가 오늘처럼, 오늘도 내일같이 은혜 안에 있기를 바라요. 세상 유혹이 아니라 로뎀나무 그늘 아래 있기를 소망해요.

나는 인애를 원하고 제사를 원하지 아니하며 번제보다 하나님을 아는 것을 원하노라. (호세아 6:6)

주님의 큰사랑이 누군가에게 빛나는 이유

나보다 더 누군가를
사랑한다고 생각하지 않아요
주님의 사랑은 공평하고
주님의 축복은 공평하죠

나보다 더 누군가를
축복한다고 생각하지 않아요
부자도 가난도 똑같고
우리들 모두는 죄인이었죠

주님은 누군가를
부자라서 사랑하지 않아요
잘생겨서 더 사랑하지 않아요

죄가 많아서 가난한 게 아니듯
죄가 없어서 부자가 된 건 아니죠

모든 건 주님만이 아시죠
주님의 큰사랑이 누군가에게

빛나는 이유를.

우리 생각과 다른 주님에게
다른 큰 뜻이 있다고 믿는 것이죠

❖ 어떤 사람들은 하나님의 공평성을 의심하거나 존재를
부인합니다. 하지만 누구보다 공평하고 좋으신 하나님입니
다. 두 딸의 엄마로 살았고 오해도 있었지만 아이들을 공평
하게 사랑합니다. 모든 부모가 그렇지요. 하나님도 그렇게
자녀 된 우리를 사랑합니다. 살다 보면 오해도 있고 엄마도
딸도 쉬운 것은 아니었어요. 그러나 사랑하는 것만큼은 부
정할 수 없지요.

> 내 생각이 너희의 생각과 다르며 내 길은 너희의
> 길과 다름이니라 여호와의 말씀이니라. 이는 하늘
> 이 땅보다 높음 같이 내 길은 너희의 길보다 높으
> 며 내 생각은 너희의 생각보다 높음이니라.
> (이사야 55:8-9)

주님의 세계는

어두운 마음에
전구가 켜진 것처럼

환해지는 것

시냇가에 심은 나무처럼 졸졸
흐르는 물소리를 듣는 것

하나님의 말씀을 듣는 하루

성령의 바람이 불어오는
하루

오후가 온통
붉어져요

❖ 하나님을 알고 나면 그래요. 어두운 방이 환해지듯 마음의 방 일시에 환해지는 거예요. 기쁨과 설렘이 넘쳐나요. 하나님을 아는 사람만의 비밀이지요. 그걸 어떻게 설명할까요. 하나님을 만날 때만이 아는 일인 것을. 하나님의 역사는 아주 경이롭고 놀라운 일이 많답니다.

여호와 하나님께서 기다리시나니 이는 너희에게 은혜를 베풀려 하심이여 일어나시리니 이는 너희를 긍휼히 여기려 하심이라 대저 여호와는 정의의 하나님이심이라 그를 기다리는 자마다 복이 있도다. (이사야 30:18)

또 가을이 오고

늙고 오래된 벽은
얼마나 많은 가을을 건너왔을까

키 큰 담벽
바닥에서 종탑까지
아기만한 덩굴들이 이만큼 자라고

오늘 가을 저녁
덩굴에 불이 들어왔어
크리스마스 같은 밤

성령불이 온 걸까
붉은빛이 출렁거려

맨드라미랑 봉숭아꽃이랑
얼굴이 붉어

늙은 벽돌들은
주일마다 오가는

수많은 성도들의
이름을 새겼겠지?

하나님의 말씀을
꾹꾹 담았겠지?

❖ 은혜가 충만할 때는 모든 사물이 아름답게 보여요. 벽
돌 한 개도 바닥에 떨어진 나뭇잎도 바람도 예사롭지 않아
요. 마당 길목 꽃들도 나무도 가만히 들여다보면 은혜가 있
어요. 아무렴요. 서당개도 3년이면 풍월을 읊는다잖아요.
27년 된 교회의 꽃들이 벽이 예배를 모르겠어요? 아마 주
일마다 출석부 쓰듯 성도들 이름 한 자 한 자 새겼을 거예요.

우리의 죄를 따라 우리를 처벌하지 아니하시며 우
리의 죄악을 따라 우리에게 그대로 갚지 아니하셨
으니 동이 서에서 먼 것같이 우리의 죄과를 멀리
옮기셨으며. (시편 103:10-12)

은행잎 포스트잇

늦가을 펄펄 내리는
은행잎은
노란 눈이야

바람에 펄럭이는
편지야

길목마다 누구의
사연을 저토록 담았는지

봄에 부쳐
가을에 도착한
편지에

겨울이 오기 전
남은 말을 쓰려고

샛노랗게 몸을
말고 있어

❖ 길목에 나무들이 가을이 왔다는 걸 알려줍니다. 서두르지 않고 햇볕의 온도와 바람의 각도를 재고 어느 날 나무의 전신에 알 듯 모르듯 발진이 돋으면 겨울이 가까워져 온 것입니다. 노랗게 나뭇잎 물들고 은행나무는 겨드랑이가 자꾸 가렵습니다. 은행나무의 성장통을 보는 계절 내 겨드랑이도 아파옵니다. 가을이 깊어가는 중입니다.

참 아름다워라. 주님의 세계는 저 솔로몬의 옷보다 더 고운 백합화, 주 찬송하는 듯 저 맑은 새소리 내 아버지의 지으신 그 솜씨 깊도다. (찬송가 78)

불멸의 엄마

엄마, 부르면 뒤돌아보는 얼굴
엄마는 다른 이름이 없어요
그냥 엄마라서
엄마인 그 이름뿐
하나뿐인 엄마
안녕한가요
주님 나라에 잘 도착하셨나요
불러도 대답 없는 이름, 엄마
먼 길 천국 집은 마음에 드시나요
언제나 그립고, 생각해요
이제는 부를 수 없지만요
불러도 대답 없지만요
미안한 게 많아서
더욱 미안해요
슬프고 그리운 이름, 엄마
천국에서 대답해주세요
천국에서 기도해주세요

추억의 엄마
불멸의 엄마

❖ 딸의 엄마이고 엄마의 딸이었어요. 딸의 심정도 엄마의 심정도 이해했고 엄마가 간 인생길을 뒤따라가고 있지요. 언젠가는 돌아가신 엄마의 길을 따라가겠지만 그곳이 하나님 나라일 테니 두려움은 없어요. 세상에서 볼 수 없는 엄마, 내가 닮은 엄마가 그립습니다. 특히 가을이 오면요. 엄마란 고귀한 이름은 사나 죽으나 늘 마음속에 사는 존재입니다. 주님처럼요. 주님이 함께 계실 것을 믿으니 위로가 됩니다.

내 이름으로 불려지는 모든 자 곧 내가 내 영광을 위하여 창조한 자를 오게 하라 그를 내가 지었고 그를 내가 만들었느니라. (이사야 43:7)

선인장꽃

엄마가 돌아가신 날
선인장꽃이 피었다
기도하는
엄마 손을 닮았다
엄마 향기가 났다
주님이 보낸
천사일까

몸에
가시를 달고 온
꽃은 수많은 날을
아팠을 것이다
아파도 말 못 하고
힘들었을 것이다

주님 나라로 간 엄마도
선인장꽃도
아프지 않아 다행이다

잘 가요, 엄마
마음 화단에
엄마 꽃 화분을 옮겼어요
잊지 않고 잘
키울게요

✧ 3년 전 돌아가신 엄마는 권사였습니다. 내가 닮은 엄마 그 이름, 얼굴 늘 기억 합니다. 지금은 하나님 나라 평안히 살고 계시리라 믿습니다. 집안 벽 액자에 냉장고 문에 젊은 날의 사진으로 뵙지요. 눈이 마주칠 때마다 나도 웃어요. 사진 속 엄마는 늙지 않고 늘 50대 언저리에 있습니다. 유채꽃밭에서 해맑게 웃는 엄마를 볼 수 있어 다행입니다. 내 아이들도 훗날 나의 웃는 얼굴만 기억했으면 좋겠습니다.

> 여호와는 선하시니 그의 인자하심이 영원하고 그의 성실하심이 대대에 이르리로다. (시편 100:5)

주님의 십자가보다

내 십자가는 무겁지 않아요

십자가에 못 박혀 죽으신
주님의 눈물보다 발톱보다 가벼워요
주님의 기도보다 가벼워요

십자가 위에서 '다 이루었다'는 말씀
엘리엘리 라마 사박다니

세상 죄를 지신 어린양
피 흘리신 고통을 생각해요

복과 기쁨은
주님에게서 온 것

넘치는 은혜도
주님에게서 온 것

그 어떤 말보다 빛나는
하나님의 이름
거룩하신 우리 하나님 아버지

더 높고 아름다운 말은
세상에 없어요

❖ 우리의 허물을 안고 십자가에서 돌아가신 예수님의 은
혜만큼 큰 빚이 없어요. 큰 사랑도 없습니다. 그 고통을 감
히 생각할 수도 없죠. 우리가 살아가는 날들이 힘들고 어려
워도 주님의 지신 십자가만큼 무겁지 않습니다. 작은 고난
에도 좌절하지만 돌이켜보면 주님보다 어려운 고난의 길은
아니지요.

> 큰 사랑을 인하여 허물로 죽은 우리를 그리스도와
> 함께 살리셨고 너희는 은혜로 구원을 얻은 것이라.
> (엡 2:4-5절)

우리 닭

암탉이 울었다

예수님이 깨어 기도한 시간이다
새벽기도 알람이다

둥근 아침 해가
떠오른다

아주 큰 달걀이다

엄마 닭을
닮았다

❖ 닭이 우는 시간은 하루의 시작이죠. 어쩌면 자연이 인간을 깨우는 최초의 알람이었을 거예요. 닭이 먼저인가 계란이 먼저인가, 라는 오래된 질문이 있어요. 세상을 창조하실 무렵, 하나님은 벗풀 둥지에 계란 몇 개를 놓으셨고 둥근 해가 올라와서 종일 계란을 품었을 거라는 그리고 병아리의 부리가 얇은 껍데기를 깨고 나왔을 거라는 상상은 어떨까요. 상상은 내 맘대로니까요. 하나님이 만드신 모든 만물은 위대하고 소중한 것입니다.

하나님이 땅의 짐승을 그 종류대로 가축을 그 종류대로 땅에 기는 모든 것을 종류대로 만드시니 하나님이 보시기에 좋았더라. (창 1:25)

나는 이렇게 읽었다

어린 시절 주일학교에서 예수님을 처음 알았습니다. 그 시절 추억에 절로 미소를 지었습니다. 바쁘게 살다 보니 잊었던 기억이었습니다. 예수님을 만나고 믿음의 씨앗이 자라 저는 청소년부 목사가 되었습니다. 시를 읽고 주님을 향한 나의 마음과 나를 향한 주님의 사랑이 궁금해집니다. 또한, 믿음의 크기는 얼만큼인가. 생각해봅니다. 이 시집을 읽는 독자들, 저처럼 아름다운 기억도 떠올리고 주님과 함께하길 원합니다. 늘 주님 안에서 좋은 시간들 아름다운 소통의 시간을 엮어가고 싶습니다.

— 권충한 (서울 광염교회 목사)

작가기금 수혜로 첫 시집 발간을 기념한 작가의 시화전에 간 적이 있다. 개성 있는 시와 그림이 보기에 좋았다. 시인은 교회 개척하면서 등록한 초기 멤버 성도이다. 아주 오래된 인연이다. 제자 같은 작가의 문학 성장을 지켜보는 것은 목사로서 기특하고 보람된 것이다. 세 권의 시집을 내고 기독교 감성 동시집을 내다니 기쁘고 감사하다. 하나님께서 사랑하고 기뻐할 것이라 믿는다.

『예수님 귀가 자라요』는 온 가족이 함께 읽는 동시집이다. 쉽게 읽혀지도록 기독교 감성의 시어를 잔잔하게 풀어내었다. 시 한 편 한 편이 시인의 육성을 들는 것 같은 느낌과 예수님과의 소통, 은혜, 신앙생활의 반성이 공감을 불러온다. 웬만한 경사로 흐르는 물처럼 아동, 청소년, 어른 편으로 이어져 성도들의 은혜를 열망하는 가슴을 적셔줄 것이라 기대한다. 진주가 조개의 눈물인 것처럼 시인의 시는 주님께 향한 기도이고 눈물이고 은혜이다. 아울러 다윗의 시편 같은 아름답고 영적 충만한 시인, 믿음의 군사 되길 응원하고 기대한다.

— 남기표 (퇴계원 사랑교회 목사)

죽은 나뭇가지에 앉아 흔들리는 새처럼 울었다. 그 울음이 이억 광년쯤 펼쳐진 허공으로 묻혀 버리기를 바랐다. 문득 든 생각이다. 사람들은 왜 고분고분 신을 찾지 않을까? 나 역시 어리숙함과 부질없음의 사이에서 구원의 밧줄을 더듬거리다 주님께 무릎을 꿇었다. 병 든 목숨을 앞세워 기도의 시간을 보낼 때, 죄악을 입은 무거운 갑옷을 나 말고 누가 벗길 수 있느냐 물으시며 하나님은 나를 꾸짖으셨다.

세상은 신과 나 사이를 이간질하며 시험에 들게 만든다. 가슴 밖의 다분한 일과 너무 쉽게 타협하게 만든다.

이 책에 실린 천진하고 말간 시편들을 읽으며 나의 신과 약속 하던 때의 소묘를 끄집어냈다. 어린양의 처음 기도를 잔잔히 들어주시던 신 앞에 다시 머리를 묻고 한 편 한 편 읽어갔다. 동시들은 어른이 꼭 읽어야 하는 복음의 시편들이다. 때 묻은 마음의, 죄 묻은 마음에 처방전 같은 시편들이 깊이 스며들기를 바라며 작가의 귀한 시에 기도하는 손 하나 내려놓는다.

— 문선정 (양주작가회장, 시인, 권사)

　동시 속에 나오는 교회랑 예수님 이야기가 재미있었다. 한 편의 교회 영화를 보는 것 같았다 교회에 가고 싶을 때도 있고 가기 싫을 때도 있는데 꼭 내 마음을 보는 것 같았다. 나도 예수님과 친해지면 좋겠다.

— 김지호 (교회 주일학교 3학년)

　바람 소리 같은 하나님 음성을 들었다. 어쩌면 풀잎의 소리였을 수도 있다. 이 세상 모든 아이들은 하나님의 자녀이자 천사의 친구라고 생각한다. 비교적 미래 판타지한 초현실주의 시각의 시를 즐겨 썼던 이가 을 시인의 책을 읽었다. 색다른 기독교 감성의 이번 동시집은 새롭다. 교회를 다녔던 추억과 감성이 떠올랐다. 주일학교 시절 주님과의 추억여행은 모처럼 즐거운 것이다. 강변에서 물수제비를 뜬 적이 있다. 예쁘고 미끄러운 돌이 날아가 통통통 물살을 헤치고 물밑에 가라앉았다. 돌아보면 내 신앙은 그런 것이다.

시 글귀가 바쁜 우리 일상에 던지는 잔잔한 물수제비를 떠올린다. 손짓하고 부르는 하나님의 목소리를 듣는다.

—정승지 (해외 독자)

꿈과 희망의 동시를 읽었습니다. 어릴 적 교회에 갔던 추억이 떠오릅니다. 이 동시는 교회에 다니거나 다녔던 독자들의 추억을 소환하는 것 같습니다. 낡은 서랍에 넣어둔 추억의 물건처럼 시가 반갑습니다. 성탄절에 본 예수 탄생에 관한 연극이 참 인상적이었는데 생각해보면 예쁜 시절입니다. 어른이 되어서도 꿈을 꾸게 하신 하나님, 온 천지에 계신 그분의 은혜로 살아가는 오늘, 모두의 평안을 바랍니다. 시작은 초라하지만 끝은 창대하리라는 말씀이 생각납니다. 시를 읽으신 적 있나요? 오늘은 책 읽기 좋은 날, 시인의 마음으로 동시 한 편 읽으면 어떨까, 권장합니다. 끝으로, 좋은 글을 읽는 기쁨을 계속 선사해주길 작가에게 바랍니다. 응원의 박수와 함께요.

—임재춘 (시인)

세상에는 두 종류의 사람이 있다고 합니다. 자신만의 오아시스를 갖고 있는 사람과 오아시스가 없는 사람. 교회를 안 다니는 저는 시인의 하나님이 오아시스라는 생각이 들었습니다. 평안과 안식이 느껴집니다. 사막 같은 인생길에서 읽은 동시가 물 한 모금 마신 듯 마음 깨끗해집니다. 예수님과 친해지면 말씀이 꿀맛이라는데, 꿀잠 든다는데 정말 그럴까요. 마음얼굴 예쁜 사람 좋아하신다는 예수님에 대해 잘 모르지만 궁금증이 생깁니다. 동시를 읽으며 꿀맛 단맛 보고 갑니다.

— 안신영 (독자)

시집을 읽으면서 제가 경험했던 아버지 되신 하나님을 떠올릴 수 있었고 하나님의 품에 안기는 편안함을 느꼈습니다. 이 시집에는 일상생활 속에서 만나는 하나님과 우리 사이의 친근하고 공감되는 이야기가 담아져 있습니다. 하나님 안에서는 어른이든 어린아이든 모두가 하나님의 어린양이기 때문에 동시이지만 나이에 상관없이 하나님의 사랑을 순수한 마음으로 읽을 수 있을 것 같습니다.

— 고은지 (교회 고등부)

꽃들이 드리는 예배는 어떤 모습일까. 가슴에 꽃향기가 가득 차올라 하늘 끝까지 오를까. 아이들은 어른의 거울, 아이들이야말로 꽃이다. 여기, 동심의 꽃들이 노래하는 동산을 거닐어보았다. 그 향기로운 동산을 거니는 호사라니. 돌아오기가 싫어서 한참 머물렀다.

— 최한나 (시인, 기자)